¡Hola!

¿Qué tenemos aquí? Un libro que reúne no una, sino tres de las mejores aventuras de nuestro amiguísimo Claudio. **¡Qué emocionante!**

Lo mejor que tienen los libros es que se los puede leer casi en cualquier sitio. Este libro es bastante grande, así que puede que tengas que llevarlo contigo a unos cuantos sitios diferentes. Podrías leerlo mientras haces gimnasia o tal vez en el teatro (pero solo si la obra es muy aburrida). Hasta podrías leerlo en el cine, ¡pero ten cuidado de no hacer mucho ruido al pasar las páginas!

Supongo que estamos de acuerdo en que Claudio es una especie de experto en correr aventuras. Si te sientes inspirado por sus intrépidas proezas, entonces mira al final de este libro, donde encontrarás algunos consejos del propio maestro para vivir emocionantes aventuras tú mismo.

Con nuestros mejores deseos, y nuestras orejas levantadas:

Alex T. Smith

(¡Y, por supuesto, Claudio y el caballero Calcetejo!)

LAS AVENTURAS DE

CLAUDIO

Claudio en el teatro
Luces, cámara..., ¡acción!
¡A por el oro!

Alex T. Smith

Traducción de Adolfo Muñoz

Título original: *Claude Adventures*

1.ª edición: octubre de 2019

© Del texto y de las ilustraciones: Alex T. Smith, 2013, 2016, 2018
Publicado por primera vez en Reino Unido por Hodder and Stoughton.
© De la traducción: Adolfo Muñoz García, 2019
© Grupo Anaya, S. A., 2019
Juan Ignacio Luca de Tena, 15. 28027 Madrid
www.anayainfantilyjuvenil.com
e-mail: anayainfantilyjuvenil@anaya.es

Diseño de cubierta de Alison Still

ISBN: 978-84-698-5902-5
Depósito legal: M-22047-2019
Impreso en España - Printed in Spain

PAPEL DE FIBRA
CERTIFICADO

Date: 04/01/21

SP J SMITH
Smith, Alex T.,
Las aventuras de Claudio /

Detrás de una puerta roja
con un gran picaporte de latón,
vive un perrito llamado Claudio.

¡Aquí lo tenéis!

¡Hola!

4

boina roja molona

elegante jersey rojo

zapatos muy limpios

Claudio es un perro pequeño.

Claudio es un perro pequeño y regordete.

Claudio es un perro pequeño y regordete
que lleva una boina roja molona
y un elegante jersey rojo.

Los dueños de Claudio
son el señor y la señora Mocasín,
y su mejor amigo
es el caballero Calcetejo.

El caballero Calcetejo es un calcetín
que está muy viejo.

Cada mañana, el señor y la señora Mocasín
se despiden de Claudio y se van a trabajar.
Y entonces empieza la diversión.
¿Dónde irán hoy Claudio y el caballero
Calcetejo?

Un día, poco después de que el señor y la señora Mocasín salieran por la puerta, Claudio se levantó de su camita de un salto, descolocándole la redecilla del pelo al caballero Calcetejo, y casi volcando su taza de té.

Claudio debía de sentirse bastante
dormido, porque la noche anterior
había aguantado despierto hasta
MUY tarde leyendo un libro
de fantasmas (hasta eso de las ocho
y media).

Algunos de los fantasmas daban muchísimo
miedo. A Claudio le impresionaba
sobre todo que fueran flotando por ahí,
y que no llevaran zapatos...

Pero aquello había sido la noche anterior. Ahora Claudio estaba completamente despierto, con la boina puesta, y buscando algo que hacer.

—Me parece que iré a la ciudad dando un paseo —dijo, y eso hizo.

El caballero Calcetejo
decidió acompañarlo.
En realidad, necesitaba
lavarse la cabeza, pero
pensó que sería un rollo
pasarse el día con la cabeza
envuelta en una toalla,
así que los dos amigos
empezaron a andar.

De pronto, se encontraron con
unos niños que pasaban caminando.

Iban vestidos de manera muy rara.
Rara y divertida...

Claudio notó un cosquilleo en
la punta del hocico, empezó a menear
las cejas, y por la parte de atrás se le
empezó a mover la cola. ¡SIN DUDA,
allí se estaba cociendo una aventura!

Rápidamente, agachó las orejas
y corrió detrás de los niños. El caballero
Calcetejo fue detrás de él a saltitos.

Siguieron a los niños hasta una sala grande y luminosa. Una de las paredes estaba completamente cubierta por un espejo. En una esquina había un piano y, ante él, una señora mayor tocaba una música muy alegre.

Claudio iba a preguntar si le dejaba
tocar una canción que se sabía
cuando se abrió la puerta de la sala.

En la sala entró de un salto
¡una mujer de aspecto estrambótico!

—¡Buenos días a todos!
—gritó la mujer—. Yo soy la señorita
Lola Cabriola, y soy vuestra profesora.
Y ahora, ¡a bailar todo el mundo!

Aquello le pareció excesivo
al caballero Calcetejo,
que tenía que pensar
en sus rodillas,
así que se acostó
encima del piano.

—Antes que nada —dijo la señorita
Lola Cabriola—, ¡tenemos que hacer
calentamiento! —Y empezó a dar saltitos
y a hacer toda clase de estiramientos raros.

Claudio encontró muy fácil aquello
de dar saltitos, y le encantó que
le diera el aire en las orejas mientras
corría por la sala.

Pero lo de los estiramientos
ya era otro cantar.

Claudio notaba que su barriguita
era un obstáculo...

Cuando todos habían calentado
y se encontraban en forma, la señorita
Lola Cabriola le enseñó a la clase
un número de baile suave y delicado.

Dieron algún saltito más,
movieron otro poco las piernas
e hicieron ondulaciones con
los brazos por encima de la cabeza,
como si fueran margaritas en
un prado mecido por el viento.

Claudio hizo todo lo que podía
por seguir a los demás, pero las patas
se le enganchaban en las orejas.

—No te preocupes —dijo la señorita
Lola Cabriola—, no todo el mundo vale
para hacer *ballet*. ¡Vamos a probar
con el claqué! —Y le entregó a Claudio
unos zapatos nuevos muy interesantes.

Claudio se los puso y pensó que
le quedaban muy bien. Cuando andaba,
hacían un maravilloso sonido en
el suelo: TAC, TAC, TAC. Se los enseñó
al caballero Calcetejo, que dijo que eran
estupendos, pero que le estaban dando
mareos.

La señorita Lola Cabriola
estaba a punto de enseñar
a la clase un taconeante
baile nuevo cuando
ocurrió algo...

Una pequeña mosca que había visto a Claudio moviendo los brazos por encima de la cabeza, haciendo como que era una margarita en un prado mecido por el viento…

¡... se le metió a Claudio por dentro del jersey!

Claudio no lo podía soportar.
Le hacía cosquillas.

Se deslizó
y resbaló por
el suelo de la sala.

Empezó
a dar saltos
en el aire.

Se meneó y se balanceó
hasta que casi no
se le veía de tan rápido
como se movía.

Solo de mirarlo,
el caballero Calcetejo
sintió que necesitaba
una taza de té
caliente.

29

Enseguida, la clase entera estaba
imitando la manera de bailar
de Claudio, con sus meneos
y balanceos. ¡Hasta la señorita
Lola Cabriola se sumó al baile
levantando la pierna
y meneando el trasero!

Al final, la mosca
se aburrió, se escapó
del jersey de Claudio
y salió por la ventana.

Claudio
se paró.

—¡Uf! —jadeó la profesora de *ballet* con la cara colorada—. ¡Qué baile nuevo tan maravilloso! ¡Tienes que participar con nosotros en el espectáculo que representamos esta tarde en el teatro! ¡Por favor, DI QUE SÍ!

A Claudio le daba apuro preguntar qué era un teatro, así que se arregló un poco el jersey para que le tapara bien la barriga y movió educadamente la cabeza de arriba abajo.

Una hora después,
cuando ya los niños habían
almorzado el bocadillo que
se traían de casa, y Claudio
y el caballero Calcetejo
se habían zampado el pícnic
de emergencia que Claudio
llevaba siempre debajo
de la boina, la clase
entera se fue hacia
el teatro.

TEATRO

¡Esta tarde nada más!

Espectáculo
de
VARIEDADES

¡COSAS ASOMBROSAS!
¡PROEZAS INCREÍBLES!
¡ARTISTAS DE FAMA MUNDIAL!

¡Y UN GRAN PREMIO!

Por el camino, una de las chicas
le explicó a Claudio todo lo
relacionado con el espectáculo
en el que iban a actuar. Iba a ser
un espectáculo de variedades.

—Eso quiere decir que habrá
muchas personas distintas
haciendo cosas diferentes
en el escenario —dijo la niña—.
¡Nosotros bailaremos tu nuevo
baile! Y lo más emocionante
de todo es que hoy el mejor
número ganará un gran premio:
todos los pasteles que pueda
comerse de la pastelería del
señor Bollobello. Él será el jurado
de la competición.

Claudio juntó las patitas
y el caballero Calcetejo
soltó un suspiro.

La pastelería del señor Bollobello
era la tienda favorita de Claudio.
Hasta el caballero Calcetejo, que era
bastante tiquismiquis con lo que comía,
había dicho que no había probado nunca
mejores bollos que los del señor Bollobello.

Por desgracia,
con la emoción,
nadie se dio cuenta
de que escuchaba
su conversación
un hombre de aspecto
sospechoso...

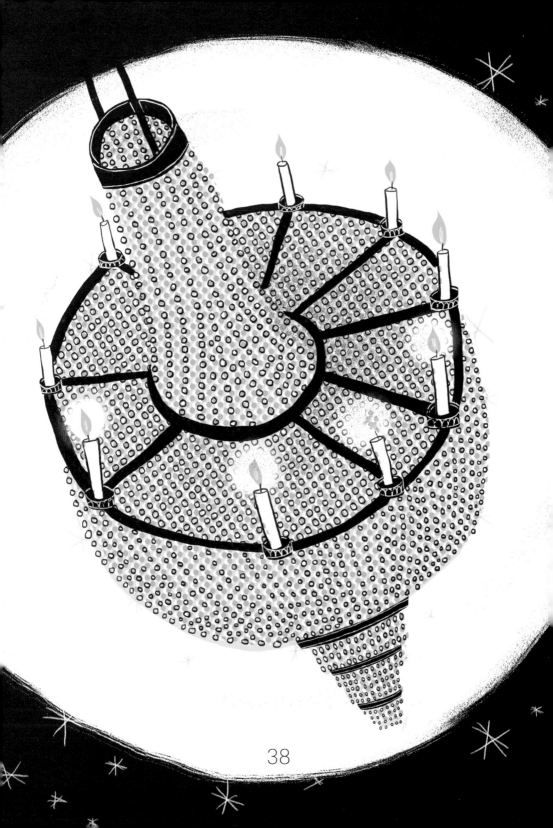

38

A Claudio y al caballero
Calcetejo enseguida les gustó
el teatro. Al caballero Calcetejo
le encantaban todos los brillos
y lujos del lugar.

Encima de los asientos
del público, había una lámpara
muy grande y muy brillante.
El caballero Calcetejo comentó
que más valdría que no se
le cayera a nadie en la cabeza.
Claudio dijo que el caballero
Calcetejo tenía razón,
y después todos juntos
se fueron detrás del escenario.

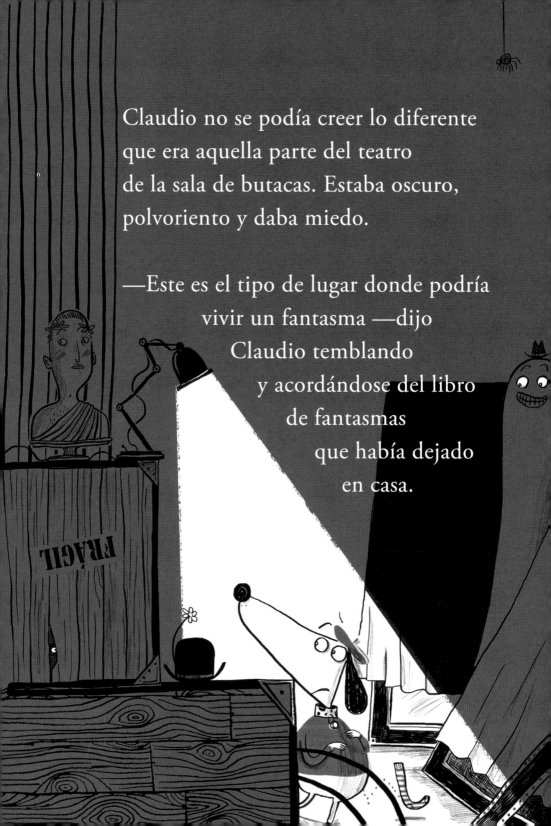

Claudio no se podía creer lo diferente
que era aquella parte del teatro
de la sala de butacas. Estaba oscuro,
polvoriento y daba miedo.

—Este es el tipo de lugar donde podría
vivir un fantasma —dijo
Claudio temblando
y acordándose del libro
de fantasmas
que había dejado
en casa.

¿ALGUIEN HA
VISTO MIS
PANTALONES?

TRAGEDIA
CLÁSICA

con Lorenzo Olivar

★ ★ ★ ★ ★

BOB ESPONGO

en

¿Quién
teme a
Virginia Guau?

YONI DIP

en

EL EXITAZO

Hola,
MARINOS

★ ★ ★ ★ ★

EL MUSICAL ACLAMADO
EN TODO EL MUNDO

Gatitas

con Minina Miau

¡SESIONES LIMITADAS! ¡RESERVE YA!

GRUPO DE DANZA
«LA DIVA
DE LA DANZA»

Y él y el caballero
Calcetejo se fueron
corriendo hacia
los iluminados
camerinos.

En el primer camerino, encontraron
un grupo de señoras que también iban
a realizar un número de baile. El caballero
Calcetejo no podía apartar los ojos de
los extraordinarios vestidos de las señoras.

En el camerino siguiente, estaba
«El Maravilloso Maravini», un mago.

Claudio y el caballero Calcetejo
miraron con la boca abierta cómo
agitaba la varita mágica y hacía salir
del sombrero tres conejitos muy pequeños.

Entonces lo intentó Claudio...

En el último camerino, había una mujer enorme vestida de vikinga.

Su gran habilidad consistía
en cantar... tan alto y tan fuerte
que podía hacer añicos una taza
de té. Claudio y el caballero
Calcetejo se pusieron las gafas
protectoras que Claudio llevaba
siempre debajo de la boina,
y contemplaron la demostración
de la vikinga con la taza de té.

aaaaaaaaa!!!

Claudio estaba muy impresionado.
El caballero Calcetejo puso cara de
enfado: ¡La taza de té no se merecía
esa falta de respeto!

49

Por supuesto, Claudio enseguida intentó hacer lo mismo. Pero por muchos esfuerzos que hiciera, al jarrón no le pasaba nada.

Al final, disimuladamente, el caballero Calcetejo le dio un empujoncito al jarrón...

Claudio estaba merendando antes
de la actuación, cuando se oyó
un grito que procedía del pasillo...

El Maravilloso Maravini
estaba delante
del camerino,
y parecía
completamente
pálido.

—Un f... fa... fan... fantasma se me acaba de aparecer y ha intentado cogerme la varita mágica —dijo temblando—. Está rota. ¡Mirad!

Levantó la varita.
Estaba tan doblada
y tan triste
como un calcetín
suelto.

—¡El fantasma del teatro! —exclamó la señorita Lola Cabriola en tono trágico—. Todo teatro tiene un fantasma, ¡pero nunca había oído de ninguno que fuera tan malvado!

Claudio sintió un escalofrío.
Tendría que mantener los ojos bien
abiertos. Aquel fantasma era
un Problema Peliagudo,
con mayúscula en Problema
y en Peliagudo. El caballero Calcetejo
no podía evitar que le temblaran
todas las pelotillas del tejido.
Toda aquella charla de fantasmas
le daba canguelo.

Antes de que nadie abriera la boca
para decir nada más, entró un hombre
con una tablilla sujetapapeles:

—¡Cada uno a su puesto,
por favor! —dijo—. ¡El espectáculo
está a punto de empezar!

Claudio y el caballero Calcetejo
se dirigieron a los bastidores
para ver lo que pasaba en el escenario.

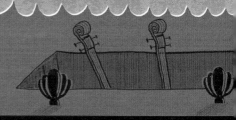

Pero antes, no pudieron
evitar asomar la cabeza
por entre las cortinas rojas
y aterciopeladas, para echar
un vistazo al público.

Justo debajo
de la gran lámpara
estaba el señor Bollobello.

Sentado en una mesa especial
de jurado, parecía muy importante.
Claudio lo saludó con la mano,
y el señor Bollobello le respondió
con el mismo gesto.

De repente, empezó a sonar
la orquesta y dio comienzo
el espectáculo.

Las señoras bailarinas estaban
en mitad de su espectáculo
de claqué cuando el fantasma
salió de la oscuridad
y las aterrorizó. Una a una,
todas se cayeron al suelo.

La última de las señoras bailarinas se cayó
de cabeza al foso de la orquesta y la cabeza
se le encasquetó en una tuba.

Al Maravilloso Maravini no le fue
mejor. Su varita mágica no funcionó.
Y en vez de surgir del sombrero
una nube de humo, surgieron
unas llamas enormes. Claudio tuvo
que salir al escenario con la boina
llena de agua para apagarlo.

El público refunfuñaba:
¡el espectáculo era un desastre!

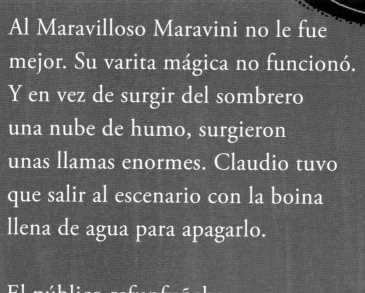

Enseguida le tocó
salir a escena
a Claudio.
El caballero
Calcetejo observaba
entre bastidores.

Claudio salió a bailar
con los otros bailarines,
y cuando sonó la música,
se empezó a menear
nerviosamente.

De pronto,
Claudio oyó
pasos detrás de él.

Se dio la vuelta y ¡allí estaba
el fantasma!

La señorita Lola Cabriola lanzó
un chillido, los niños también
chillaron, y todos
salieron corriendo
del escenario.

Claudio se metió entre bastidores,
donde estaba el caballero Calcetejo,
y el caballero Calcetejo se escondió
dentro del jersey de Claudio. No paraba
de temblar, y necesitaba una de sus largas
siestas.

«Aquí hay algo que no encaja», pensó
Claudio. Y siguió pensando y pensando
hasta que empezó a dolerle la cabeza.

La vikinga tenía el número siguiente.
Ya había hecho añicos un vaso y la estatua
de cristal de un caniche,
cuando Claudio vio que el fantasma
se acercaba a ella
de puntillas
por el escenario.

Claudio observó
al fantasma desde la cabeza
a la puntera de los zapatos.

¡Eso lo explicaba
todo! Claudio
movió la cola. Ninguno
de los fantasmas del libro que tenía en casa
llevaba zapatos..., y mucho menos aquellos
zapatones. Los fantasmas de verdad flotaban
en el aire delicadamente, sin zapatos.

Y si aquel fantasma llevaba zapatos,
entonces no podía ser un fantasma de verdad.

Claudio salió corriendo al escenario,
gritando:

—¡Eso no es un fantasma,
sino una persona muy mala!

Y entonces agarró la sábana blanca
del fantasma y tiró de ella.
Debajo había un hombre
de aspecto malvado.
Tenía la cara muy colorada,
y miraba al suelo.

Todo el mundo se quedó
con la boca abierta,
exclamando: ¡AAAAAH!

—¿Qué es lo que trama usted, señor malvado? —preguntó Claudio.

El caballero Calcetejo salió de un salto de dentro del jersey de Claudio y se puso las gafas para ver mejor lo que pasaba.

—¡Es que adoro los pasteles! —dijo
el hombre malvado—. Y cuando oí
que el gran premio sería todos
los pasteles que el ganador fuera capaz
de comerse, quise ganar yo. Lo que pasa
es que a mí no se me da bien nada...

Entonces el público exclamó con tristeza:
—¡Aaaaaaaaaaaaaah!

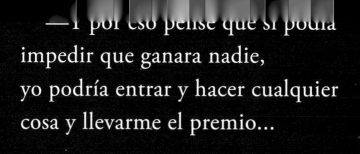

—Y por eso pensé que si podía
impedir que ganara nadie,
yo podría entrar y hacer cualquier
cosa y llevarme el premio...

El público exclamó enfadado:
   —¡Ooooooooooooooh!

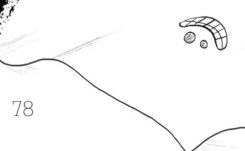

—Así que fui a Don Edre,
el Paraíso de la Cama, y me compré
esta sábana, y...

Claudio estaba a punto de señalar
acusadoramente con el dedo
al hombre malvado, cuando...

¡El señor Bollobello
soltó un grito!
La enorme lámpara que tenía
encima de su cabeza estaba
a punto de caerse.
El grito de la vikinga debía de
haber roto el enganche.
Si el señor Bollobello
no se apartaba,
¡la lámpara entera
se desplomaría
sobre su cabeza!

Todo el mundo miraba,
mientras la lámpara se balanceaba.
Y entonces, de repente, ¡empezó a caer!

A todos les entró el pánico.
A todos, menos a Claudio.

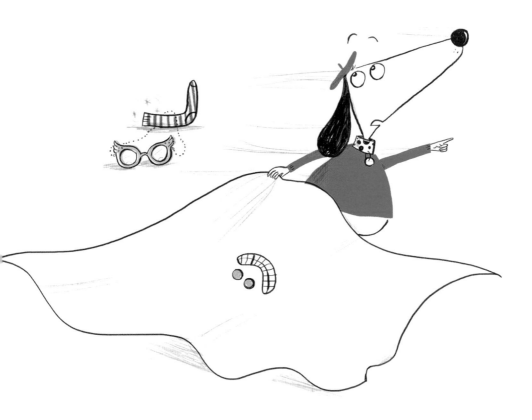

—¡Aprisa! —gritó Claudio
al hombre malvado, y los dos
corrieron hacia Bollobello.

Al caballero Calcetejo
le dio un mareo, y se desmayó.

Claudio y el hombre malvado extendieron justo a tiempo la sábana blanca del fantasma, y…

¡… recogieron la lámpara!

—¡Bravo! —dijo el señor
Bollobello levantándose de la silla—.
Claudio, me has salvado la vida.
¡TÚ eres el ganador de la competición!

En el teatro, todo el mundo
aplaudió, y algunos hasta lanzaron
flores. Claudio se puso colorado y,
con mucha vergüenza, le estrechó
la mano al señor Bollobello.
El caballero Calcetejo se tuvo
que apartar porque tenía
un poco de alergia a las flores.

La señorita Lola Cabriola
se abrió paso por entre la gente:

—Claudio —dijo con lágrimas
en los ojos—: eres el mejor bailarín
que he visto nunca. ¿No queréis
venir conmigo tú y el caballero
Calcetejo y bailar por teatros
de todo el mundo?

Claudio pensó en ello
un poco.

Ahora que le había pillado
el tranquillo, la verdad es que
le gustaba mucho eso de bailar
y mover el pompis.
Pero también le gustaba
vivir en casa de
los señores Mocasín.

Miró al caballero Calcetejo.
Estaba tan blanco como
una sábana, y parecía que hubiera
visto un centenar de fantasmas.

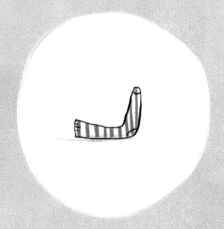

Necesitaba una de sus siestas,
con una taza de té y un pastelito
de nata.

Muy educadamente, Claudio
le explicó todo eso a la señorita
Lola Cabriola, y ella lo compredió.

Entonces, tras despedirse de todo
el mundo, Claudio y el caballero
Calcetejo se volvieron andando
a casa, haciendo una parada
en la pastelería del señor Bollobello.

Al final del día, cuando el señor
y la señora Mocasín volvieron a casa
del trabajo, se sorprendieron de ver
la cocina llena de bollos y pasteles.

—¿De dónde han salido todos
esos pasteles? —preguntó la señora
Mocasín—. ¿Crees que Claudio sabrá
algo...?

El señor Mocasín se rio:
    —No seas tonta..., míralo, ¡seguro
que se ha pasado todo el día durmiendo!

Pero, por supuesto,
Claudio sí que sabía de dónde
habían salido aquellos pasteles.

Y nosotros también, ¿o no?

CLAUDIO

Luces, cámara…, ¡acción!

PELÍCULA: El gorila del terror
PRODUCTORA: Anaya Infantil y Juvenil
CON: Claudio y el caballero Calcetejo

En una casa de la avenida Menealacola,
en el número 112, para ser más exactos,
vive un perro llamado CLAUDIO.

Ya sabéis que Claudio es un perro pequeño.
Un perro pequeño y regordete
que lleva un jersey muy vistoso
y una boina roja superguay.

boina roja superguay

jersey vistoso

Claudio vive con su mejor amigo,
el caballero Calcetejo,
que es un calcetín que está
muy viejo.

También vive con el señor
y la señora Mocasín.

Cada día, Claudio espera a que ellos
le digan «¡Hasta lueguito...!»,
y se vayan a trabajar. Y entonces
él y el caballero Calcetejo viven
una aventura.

¿Adónde irán hoy nuestros dos amigos?

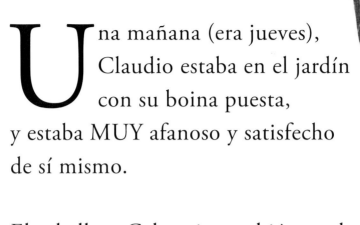

Una mañana (era jueves),
Claudio estaba en el jardín
con su boina puesta,
y estaba MUY afanoso y satisfecho
de sí mismo.

El caballero Calcetejo también estaba
en el jardín, tumbado en una
tumbona con una chaqueta puesta
por encima de los hombros.

Era la primera vez que se pasaba
una semana fuera de casa, y había
sufrido un enfriamiento en un costado.

Claudio estaba muy afanoso
y satisfecho de sí mismo, tendiendo
todos sus disfraces para que se secaran.

—¡Estupendo! —dijo dando
un paso atrás para admirar su obra—.
¡Me merezco un premio!

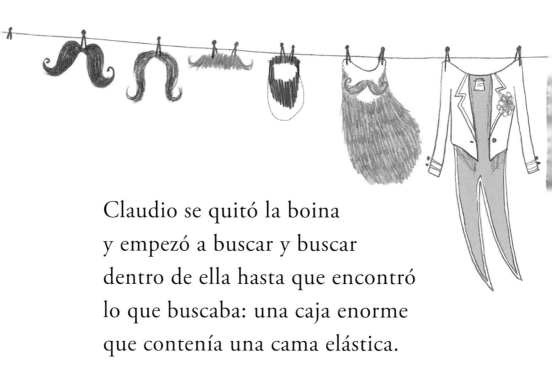

Claudio se quitó la boina
y empezó a buscar y buscar
dentro de ella hasta que encontró
lo que buscaba: una caja enorme
que contenía una cama elástica.

Había llegado hacía unos días
por correo: era un regalo de
uno de los amigos de Claudio,
que tenía un circo.

REBOTÓN
CAMA ELÁSTICA

Claudio montó la cama elástica,

y empezó a saltar.

Saltaba cada vez más alto, más alto, más alto.

Las orejas iban detrás de él,

y le daba gustirrinín.

106

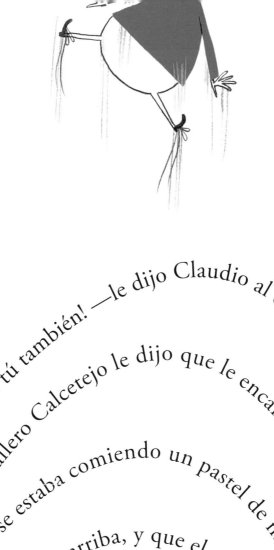

—¡Ven a probar tú también! —le dijo Claudio al caballero Calcetejo.

El caballero Calcetejo le dijo que le encantaría probar,

pero que se estaba comiendo un pastel de nata

y que no quería ponerse patas arriba, y que el costado

le daba la lata.

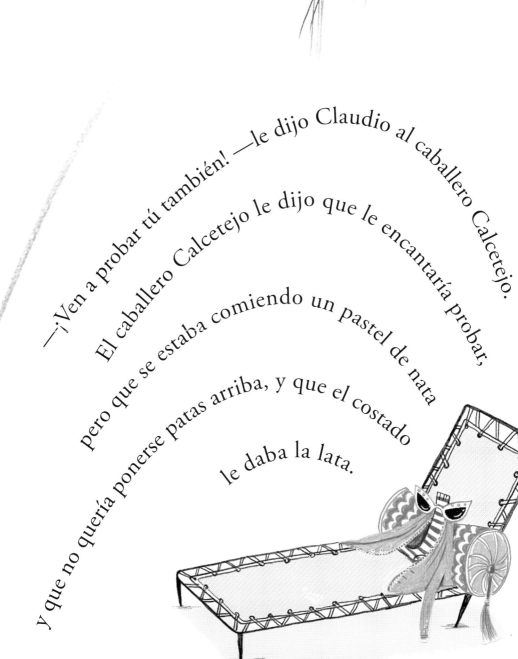

Claudio siguió rebotando.
Cuanto más alto llegaba,
más veía de la avenida
Menealacola.

Allí estaba
la señorita
Lola Cabriola,
que se dirigía
al estudio de danza
a paso de *jazz*.

Y allí estaba el señor Bollobello, emperifollando sus pasteles como de costumbre.

Y había un gorila gigante
vestido de bata, tomando
una taza de té.

¿¿¿UN GORILA???

¿¿¿VESTIDO DE BATA???

¿¿¿TOMANDO UNA TAZA DE TÉ???

¿Qué demonios hacía
un gorila gigante
en la avenida Menealacola?

A Claudio se le empezaron
a mover las cejas, se le empezó
a menear el pompis, y la cola
le empezó a dar vueltas
tan aprisa que ni se la veía.

Rápidamente, Claudio dejó
de dar saltos, y volvió a esconder
la cama elástica dentro de la boina.

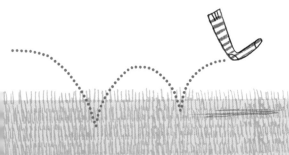

—¡Voy a investigar lo de ese
gorila! —gritó, y echó a correr.
Detrás de él, dando saltos,
fue el caballero Calcetejo.

Por desgracia, con la emoción
de averiguar qué pasaba,
a Claudio se le enredó el pie
en un extremo de la cuerda
en que tenía la ropa, y...
¡TUUAAAANNNNGGGGG!
se cayó al suelo la cuerda
con toda la ropa.

—¡Mecachis! —dijo,
y rápidamente metió todos
los disfraces dentro
de la boina, sin siquiera
quitarlos de la cuerda.

Entonces, Claudio
y el caballero Calcetejo
cruzaron la puerta de la calle,
bajaron la escalera, y salieron
a la avenida Menealacola.

¡Caray! ¡Todo lo que había que mirar! Claudio nunca había visto la avenida Menealacola como estaba aquel día.

IBLIOTECA

DESPABILADOS
velas aromáticas

Rizar y Teñir
Peluquería

ILUMINANDO EL MUNDO
Luz y electricidad

HEAVY PETAL
FLORISTERÍA

Pastelería del señor Bollobello
¡Los mejores dulces de todo el pueblo!

Por todas partes había cámaras
que se movían, focos gigantes
y esponjosos micrófonos por aquí,
por allá, por detrás y por delante.

Claudio lo contemplaba todo
con ojos como platos cuando
tropezó en la cuerda de tender
la ropa que se había salido de
su boina. Tres volteretas después,
HIZO UN DESCENSO
PERFECTO delante de
una de aquellas cámaras
de cine que se movían.

Estaba pensando en lo bien
que había caído (con las rodillas
dobladas, firme, con una sonrisa
ARREBATADORA) cuando
alguien gritó «¡CORTEN!»
y se fue hacia Claudio.
Parecía que ponía muy mala cara,
pese a que también llevaba
una gorra muy vistosa, colocada
de una manera superguay.

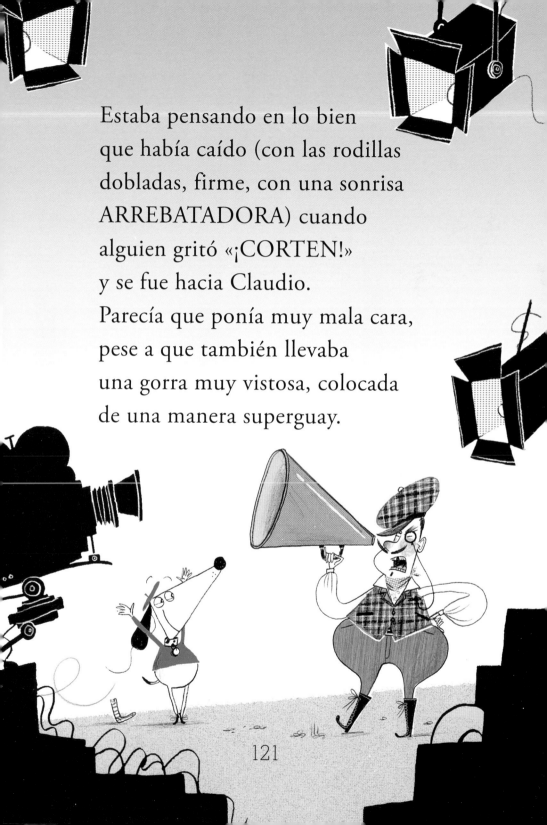

—¿Qué estás haciendo? —gritó
el hombre—. ¿No te das cuenta
de que estamos rodando una película?
¡Acabas de estropearnos el plano!

Rápidamente, Claudio se metió
el final de la cuerda de tender la ropa
bajo la boina, se alisó el jersey
delante de la barriga y dijo
«Lo siento» con su voz más amable.
El hombre del megáfono se puso
entonces mucho más contento.

—No pasa nada —dijo—, solo era
un ensayo. Me llamo Almodroba
Contracampo, y estoy dirigiendo una
película que se llama «El gorila del terror».
Los protagonistas son
estos dos actores:
Erron Film
y Gloria Sanson.

Claudio se presentó a sí mismo
y presentó al caballero Calcetejo.
Claudio le dijo a Gloria Sanson
que le gustaban sus pendientes.
El caballero Calcetejo se puso
colorado cuando Erron Film
le dio la mano, y se alegró mucho
de haberse puesto los rulos
la noche
anterior.

—Y este es nuestro maravilloso gorila —dijo Almodroba—. Se llama Alan.

El enorme gorila se puso de pie e inclinó la cabeza de manera muy teatral para saludar a Claudio y al caballero Calcetejo.

Tenía una educación muy clásica.

—¿Os gustaría ver cómo
rodamos? —preguntó Gloria.

Claudio nunca había visto cómo
se rodaba una película, así que
dijo: «¡Nos encantaría!» con su voz
más correcta y presentable.
El caballero Calcetejo había visto
un rodaje hacía años, pero eso
es otra historia.

—Podéis sentaros ahí y mirar
—dijo Almodroba Contracampo—.
Todavía tenemos
que preparar muchas cosas
antes de empezar a rodar.

Así que Claudio y el caballero
Calcetejo se sentaron
y observaron muy atentos
cómo ensayaban la escena
Erron Film, Gloria Sanson
y el gorila.

Por lo que pudo entender Claudio,
la película trataba de un gorila
gigante que se había escapado
de la selva y trepaba por la pared de
un edificio llevando a Gloria Sanson
en una de sus gigantescas manos.
Erron tenía que rescatarla a base de valor
y de encanto personal.

Era muy, muy emocionante.

—¡Vale! —dijo al final
Almodroba—. ¡Un pequeño
descanso!

Cada uno se marchó a su caravana
para prepararse para el rodaje,
y dejaron solos a Claudio
y al caballero Calcetejo.

Primero, Claudio se sentó
en su silla y se tomó un zumo.
El caballero Calcetejo mordisqueaba
un pastelito de higo.

Luego, Claudio balanceó las piernas
por un rato y lanzó un suspiro.

A veces, estar sentado y esperando
se hace horriblemente aburrido.

Enseguida, a Claudio los ojos
se le empezaron a ir por ahí...

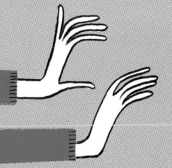

Después,
sus manos también
se fueron por ahí...

... y al final sus piernas hicieron lo mismo.

Volvía a su asiento tras un rato
curioseando, cuando un trozo
de la cuerda de tender la ropa
se le volvió a salir de la boina.

—Esto podría ocasionar un accidente
—dijo. Claudio intentó volver a meterse
la cuerda con toda la ropa debajo
de la boina, pero la cuerda
consiguió enrollarse
alrededor de uno
de sus pies, y...

¡Ay, ay, ay!

Esta vez la caída de Claudio no fue tan espectacular, ni mucho menos.

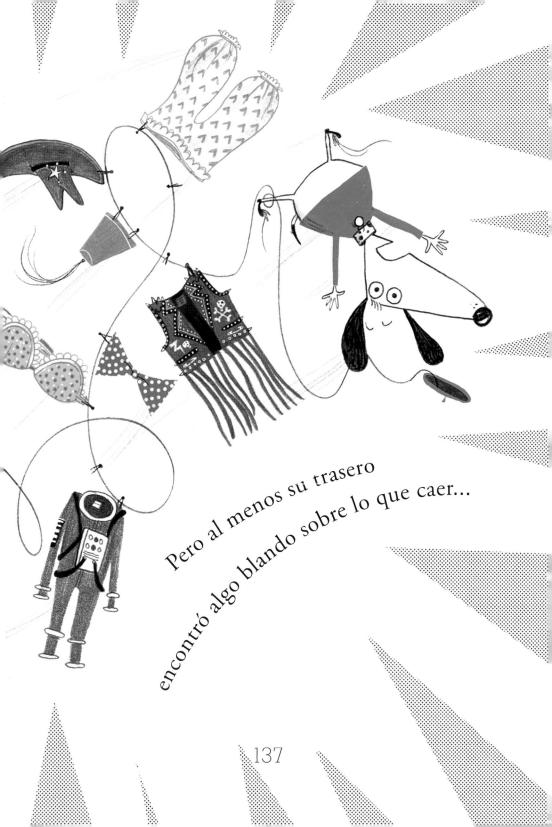

Pero al menos su trasero
encontró algo blando sobre lo que caer…

137

¡... una

enorme

caja de pelucas!

PELÍCULA: EL GORILA DEL TERROR

·PELUCAS·

Las pelucas, según
descubrió Claudio,
eran peinados a
los que les faltaba
la cabeza, y por
eso uno se puede
probar todas
las que quiera...

Claudio pensó que le quedaba
de maravilla una buena cabellera
suavemente ondulada.

El caballero Calcetejo
prefería algo
poco llamativo.

—¡Estáis ahí! —dijo Almodroba
Contracampo—. ¡Y habéis
encontrado las pelucas! ¡Estupendo!
¿Seríais tan amables de ayudar
a los actores a ponérselas para
que podamos empezar a rodar?

Los dos amigos ayudaron
a los actores a ponerse las pelucas.
Lo hicieron muy afanosos
y satisfechos
de sí mismos.

PELÍCULA: EL GORILA DEL TERROR

·PELUCAS·

Erron Film se puso un caracolillo en la frente. También se puso un bigote falso muy seductor.

Gloria Sanson se puso una peluca rubio platino llena de alegres rizos.

Alan se puso un peluquín superelegante.

Lo siguiente que había que hacer
era maquillarlos.

—¡Tienen que quedar bellísimos
y con mucho glamur! —dijo Almodroba
por el megáfono.

Claudio pensó que las caras
no eran muy distintas de esos
cuadernos para colorear.
Bajo la boina llevaba unos
rotuladores, un pegamento
de emergencia y algo de purpurina.

Mientras Almodroba salía corriendo
para indicarle a alguien dónde podía
dejar los plátanos, Claudio se puso
a trabajar...

El efecto fue impresionante.

—Eh... muy bonito —dijo
Almodroba, no tan emocionado
como Claudio se esperaba—.
Ahora tienen que
vestirse para empezar
la película...

Todos los actores y Alan
se fueron a sus caravanas
para cambiarse.

Cuando volvieron a salir, parecían
personas completamente distintas.

Claudio aplaudió emocionado,
        y el caballero Calcetejo se mareó
                un poco al ver
                las lentejuelas de Gloria.

        —¡A sus puestos, por favor! —gritó
                Almodroba, y todo el mundo
                se apresuró a colocarse
en su sitio. Le entregó
a Claudio y al caballero
Calcetejo una lista de cosas
                que había que hacer
                durante el rodaje.

Lo primero era sujetar un micrófono
que estaba al final de un palo larguísimo.
Era muy pesado, y Claudio se balanceaba
de un lado para el otro.

POR LOS PELOS se libró de darse
un golpetazo contra una parte
del decorado. Afortunadamente,
el caballero Calcetejo estaba allí al lado,
y pudieron evitar que ocurriera
una desgracia.

Pero todo eso suponía que Claudio
y el caballero Calcetejo estaban
demasiado ocupados para darse cuenta
de que la cuerda de tender la ropa
estaba volviendo a salirse
de la boina...

El segundo trabajo consistía
en mover un foco muy
grande para que siguiera
a Alan mientras
se balanceaba por
la avenida Menealacola.

Era más fácil decirlo que hacerlo:
el foco era tan pesado
que Claudio tuvo que pedirle
ayuda al caballero Calcetejo.

Almodroba les levantó el pulgar
a los dos amigos.

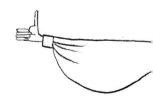

De pronto, al caballero Calcetejo
le entró pánico. Le parecía que,
con todo aquel jaleo, se le había
caído al suelo una de sus lentillas
y la había perdido. Claudio dirigió
el foco hacia allí para que todo
el mundo pudiera buscar la lentilla.
Entonces el caballero Calcetejo
recordó que él no llevaba lentillas:
lo que pasaba es que en una revista
había leído algo sobre alguien
que llevaba, y se había confundido.

Debido a todo este cacao,
nadie se dio cuenta
de que otro trozo
de la cuerda de la ropa
se había vuelto
a salir y colgaba
por el suelo...

Llegó enseguida el momento
de grabar la gran escena final
de la película: el momento en que
Alan tenía que arrancar a Gloria
Sanson de los brazos de Erron Film
cuando este le daba un beso
de tornillo, y empezar a trepar
con ella por un lateral de la frutería
La Pera Feliz.

Claudio y el caballero Calcetejo
se fueron corriendo a sus sillas
para poder ver bien la acción.

Pero, con todas las prisas,
Claudio no vio que la cuerda,
con todos sus disfraces tendidos
en ella, se salía COMPLETAMENTE
de la boina.

Claudio tampoco vio
que la cuerda se enredaba
en los focos y las cámaras,
y también en los pies
de Gloria Sanson y Erron Film.
Por último, la cuerda también
se enredó en Almodroba
Contracampo y su megáfono...

Claudio solo se dio cuenta
cuando ya era demasiado tarde...

Erron Film se inclinaba para besar
a Gloria Sanson. Pero cuando Alan
el gorila empezó a arrastrarla para
escaparse con ella edificio arriba,
la cuerda de la ropa se tensó
todo lo que podía
tensarse y...

¡RAS!

¡PUN

¡TRA

164

¡Focos y cámaras
caían por todas partes!
Almodroba se cayó de culo,
y Gloria Sanson
y Erron Film
salieron volando...

¡UUUUUF!

—Eh... ah... —dijo Claudio.

El caballero Calcetejo se puso
tan colorado que tuvo que sacar
el abanico.

Cuando se despejó la polvareda levantada,
quedó claro que las cosas no estaban bien.

A Gloria y a Erron se les había torcido
un tobillo, y hubo que llevarlos
al hospital.

Mientras todo el mundo corría a arreglar
los desperfectos, Almodroba Contracampo
soltó un gemido por el abollado
megáfono.

—¿Qué vamos a hacer ahora? —dijo—.
¡No podemos rodar una película con
nuestros dos protagonistas en el hospital!
¡Es un desastre! Si al menos tuviéramos
dos personas parecidas a ellos,
que pudieran sustituirlos...

Y se dejó caer en una silla,
sin fuerzas.

Claudio bajó los ojos a los pies
y empezó a juguetear con el borde
de su jersey. Él había ocasionado
aquel desastre sin querer, por culpa
de la cuerda de tender la ropa
en la que colgaban sus disfraces.
Ahora tenía que arreglarlo.
Pero ¿qué podía hacer?

¡Entonces se le ocurrió
una idea ALUCINANTE!

—¡Podríamos hacerlo el caballero
Calcetejo y yo!

Almodroba sonrió con tristeza:

—¡Pero si no os parecéis a Erron
y a Gloria lo más mínimo...!

Claudio esbozó una calurosa sonrisa
y metió la mano dentro de la boina.

—¡Espere un momento! —dijo.

¡El resultado fue
MARAVILLOSO!

—¡No me lo puedo creer! —exclamó Almodroba Contracampo—. ¡Sois la viva imagen de Erron y Gloria! ¡Nadie notará la diferencia! ¡Extraordinario! ¡Aprisa, que rueden las cámaras! ¡ACCIÓN!

¡Menuda tarde pasaron Claudio y el caballero Calcetejo...!

¡OH, NO! ¡YO TE SALVARÉ!

Claudio declamó
sus frases con su voz
más correcta y clara,
y corrió a enfrentarse
al peligro.

El caballero Calcetejo demostró que sabía
pestañear como la mejor
de las estrellas, sobre todo
cuando le entraba
el canguelo de estar
en la mano
de Alan
el gorila.

Srta. Chiri Moya

LA PERA FELIZ
Frutas y verduras

Y cuando Claudio
rescató valerosamente
al caballero Calcetejo y
lo puso a salvo bajándolo
por la escalerilla hasta
el suelo, todo el mundo
silbó y aplaudió.

176

Después de gritar: «¡CORTEN!»,
Almodroba se fue corriendo hacia
Claudio y el caballero Calcetejo,
con una sonrisa de oreja a oreja.

—¡Habéis estado
MARAVILLOSOS! —dijo—.
¡Verdaderamente maravillosos!
¿No queréis venir a Hollywood
con nosotros para convertiros
en estrellas de cine?

Pero antes de que Claudio
pudiera responder, oyeron
un sollozo que venía
de algún punto
por encima
de su cabeza.

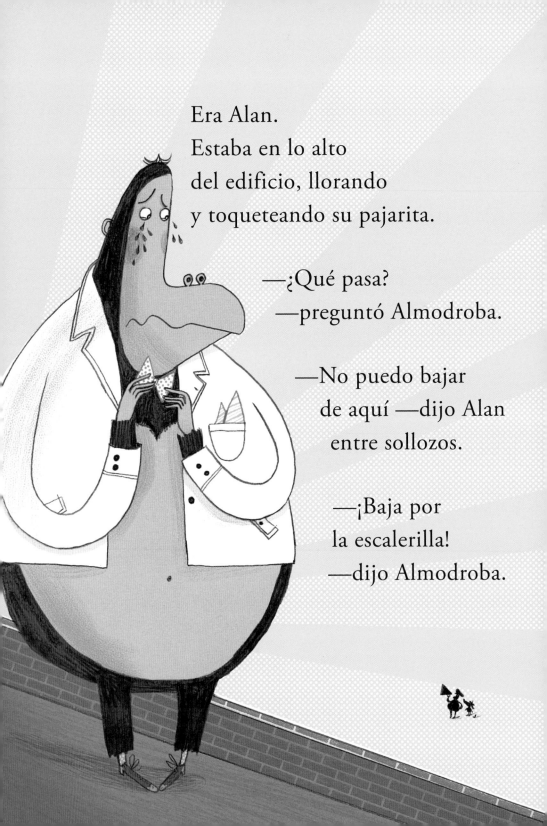

Era Alan.
Estaba en lo alto
del edificio, llorando
y toqueteando su pajarita.

—¿Qué pasa?
—preguntó Almodroba.

—No puedo bajar
de aquí —dijo Alan
entre sollozos.

—¡Baja por
la escalerilla!
—dijo Almodroba.

Pero Alan no estaba dispuesto
a hacerlo.

Porque si había algo que le diera
más miedo que las alturas,
era bajar por una escalerilla.

—¡Oh, no! —dijo la señorita
Chiri Moya—. ¡Mis clientes no
pueden elegir repollos ni comprar
ciruelas con un gorila gigante
llorando por encima de ellos!

Tenía razón, claro,
pero Claudio se preguntó
si podría solucionarlo.

¿Habría algún modo
de hacer bajar a Alan
que resultara divertido
y no le diera miedo?

¡Por supuesto que lo había!

—¡Vamos, Alan! —exclamó Claudio en su cama elástica—.

¡Esto es muy divertido!

Siguió saltando mientras Alan se acercaba

con miedo al borde.

Claudio sonrió con una sonrisa de amigos

y hasta movió la cola para animarlo.

Al final, Alan se tapó los ojos,
respiró hondo y...

Srta. Chiri Moya

... ¡saltó!

¡BOING!

184

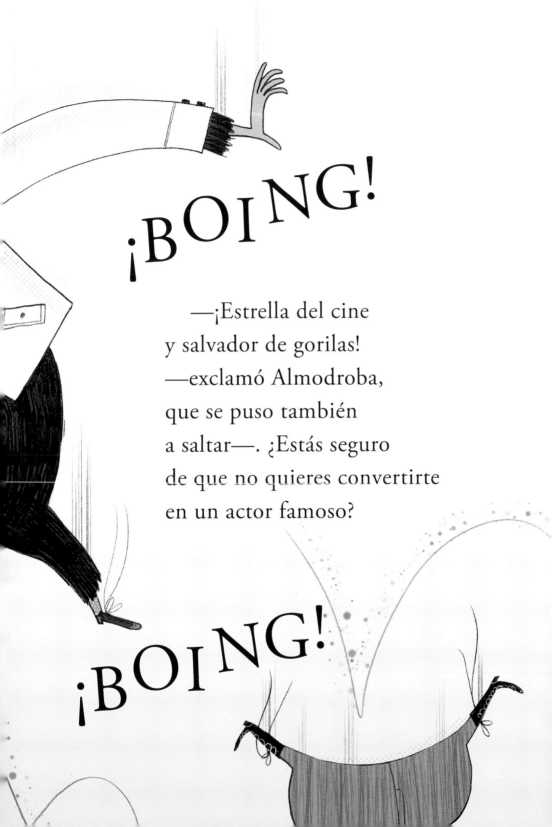

¡BOING!

—¡Estrella del cine
y salvador de gorilas!
—exclamó Almodroba,
que se puso también
a saltar—. ¿Estás seguro
de que no quieres convertirte
en un actor famoso?

¡BOING!

Claudio pensó en ello. Es verdad
que le gustaba disfrazarse y actuar,
pero también le gustaba estar
en su casita. Y después de las pelucas,
las lentejuelas y de ser atrapado
por un gorila gigante, el caballero
Calcetejo necesitaba urgentemente
una de sus largas siestas.

Claudio le explicó todo esto
a Almodroba Contracampo.
Este se quedó decepcionado,
pero lo comprendió.

—¡Pero te tienes que quedar
con todas las pelucas! —le dijo,
dándole la caja—. ¡Lograste que
les quedaran tan bien...!

Claudio y el caballero Calcetejo
le dieron las gracias a Almodroba
Contracampo, se despidieron
de todos sus nuevos
amigos
y se volvieron
a casa.

Esa noche, cuando el señor
y la señora Mocasín volvieron
del trabajo, se sorprendieron
muchísimo no solo de encontrar
un gorila dormido en la cocina,
sino también de que tanto él como
Claudio tuvieran una peluca puesta.

—¿Crees que Claudio sabrá algo
sobre estas pelucas? —preguntó
la señora Mocasín.

—No creo —dijo el señor
Mocasín—. Seguro que nuestro
Claudio se ha pasado el día dormido
como un tronco...

Pero Claudio sí que sabía
algo sobre aquellas pelucas.

Y nosotros también,
¿verdad?

CLAUDIO

¡A por el oro!

Claudio es un perro pequeño.
Claudio es un perro pequeño y gordito
que lleva un bonito jersey rojo
y una boina que le queda muy bien.

boina que
le queda
muy bien

bonito
jersey rojo

Claudio vive
en la avenida Menealacola, 112
con el señor y la señora Mocasín,
y su mejor amigo, el caballero Calcetejo.

Este es el caballero Calcetejo.

Cada día, después de que el señor
y la señora Mocasín le digan
«¡Chao, Claudio!» y se vayan
a trabajar, Claudio y el caballero
Calcetejo salen a vivir una aventura.

¿Adónde
        irán
             hoy
                 los dos
                        amigos?

E ra martes y, por una vez,
el caballero Calcetejo se moría
de impaciencia por salir de casa.

Claudio se había despertado
con la sensación de que se lo comían
las hormigas. ¡Pero no es que hubiera
ninguna hormiga por allí!
Sencillamente, estaba tan intranquilo
que no se podía quedar quieto.

Desayunó sin poderse
sentar de los nervios.

Se lavó los dientes
dando saltitos sobre
una pata.

Y ponerse la boina le llevó unos tres
cuartos de hora, porque tuvo
que hacer primero como si fuera
una tortita, y después un platillo
volante zumbando por el espacio.
(Un platillo volante que derribó
dos paquetes de cereales
y una jarra de leche).

Al final, sin embargo,
los dos amigos terminaron saliendo
por la puerta a la calle.

Claudio aspiró hondo.

Aquel día la calle olía a...

—¡AVENTURA! —dijo con
su voz más correcta y clara
(porque estaba en la calle).

—¡Vamos a buscar algo
emocionante que hacer!

El caballero Calcetejo estaba
más interesado en buscar un café
con crema y algún lugar donde
descansar un rato, pero dijo que sí
con la cabeza.

Y de ese modo, los dos amigos
empezaron a recorrer
la avenida Menealacola.

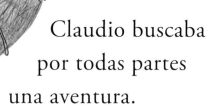

Claudio buscaba
por todas partes
una aventura.

El señor Bollobello estaba
colocando un hermoso cuerno de
crema en el escaparate de su tienda,
pero aquella mañana eso no le hizo
la boca agua a Claudio. Todavía
tenía la barriga llena
del desayuno.

La peluquera, Belinda Rubio Crespo,
tenía la agenda de reservas llena
de permanentes para aquel día,
pero Claudio no se puso a mover
la cola de contento. (Además, Claudio
ya la había ayudado la semana anterior
y el caballero Calcetejo todavía
se estaba recuperando).

En la tienda de frutas y verduras
La Pera Feliz, había normalmente
algún pepino de forma muy divertida,
y unas ciruelas que pedían a voces
que alguien hiciera malabarismos
con ellas, pero aquel día no.

Claudio salió de la tienda sin ganas.
Se sentía tan desinflado como un globo
que hubieran inflado diez días antes.

—¡No veo ninguna aventura
POR NINGUNA PARTE! —le dijo
al caballero Calcetejo, y entonces tropezó
con los cordones de sus zapatos
y salió disparado por la calle
como una bala de cañón.

Al caballero Calcetejo siempre
le costaba mucho esfuerzo ir tan aprisa
como Claudio. No era fácil seguirlo
cuesta abajo, y casi imposible
cuando uno intentaba mantener
en equilibrio un café lleno de crema
y un puñado de bollitos...

204

Al final,
Claudio se paró
al chocar con una banda
que doblaba la esquina
haciendo chinta chinta,
seguidos por una pequeña multitud.

Cuando Claudio consiguió sentarse,
la cabeza le daba vueltas.
Todo el mundo lo miraba,
así que Claudio miró a todo el mundo.

¡Eran un grupo
muy extraño!

¡CATAPLÁN!

Entre la banda y la multitud
de espectadores que la seguía agitando
banderas, había una cuanta gente
de aspecto muy sano. No llevaban
puesta más que una camiseta y unos
pantaloncitos muy elásticos y vistosos.

El caballero Calcetejo se puso
las gafas para verlos mejor.

Claudio estaba a punto de preguntarles
qué pasaba cuando llegó dando saltos
una mujer de aspecto muy fuerte
vestida con un traje de baño.

—¡ALUCINANTE! —gritó—.
¡Nunca había visto a nadie moverse
tan rápido!

Claudio se alisó las orejas.

—Me llamo Ivanna Lanza Dora
—dijo, y a continuación les explicó
lo que pasaba.

Aquel era el ALUCINANTE DÍA
DEL DEPORTE, cuando equipos
de todas partes se reunían
para probar suerte en un montón
de deportes. ¡Habría medallas
para todos los ganadores y también
una copa enorme!

Ivanna movió la mano en dirección a dos señores que sostenían la copa dorada más enorme y deslumbrante que hayáis visto jamás, así como una serie de medallas de oro que colgaban de unas llamativas cintas rojas.

—¡Ooooooooooooh!

—exclamó la multitud.

Claudio no había visto nada tan brillante
en su vida, y el caballero Calcetejo ya estaba
imaginándose lo bonitas que quedarían
aquellas medallas colgando en su cuello.
Especialmente si las llevaba puestas
a la mesa del capitán de un crucero
o en una fiesta veraniega
en el jardín.

—¿Puedo sumarme yo? —preguntó Claudio. ¡Aquello parecía exactamente el tipo de aventura que andaba buscando!

Ivanna observó a Claudio de la cabeza a los pies:

—¿Tienes ropa de deporte? ¿Un pantalón elástico?

Bueno, Claudio llevaba un montón de cosas debajo de la boina, pero le parecía que no había ningún pantalón elástico. Negó con la cabeza, apesadumbrado.

—¡No importa, estoy segura de que podemos encontrar algo para ti!

—dijo Ivanna, animándolo al tiempo que se ponía a hacer ejercicio.

¡Bueno, ya estaba arreglado!

—¡Estás en el equipo! —dijo
Ivanna—, ¡y supongo que ese
es tu entrenador!

Señaló al caballero Calcetejo,
que seguía observando todos
los pantalones elásticos y mallas
que había a su alrededor.

A Claudio le dio apuro decir
que en realidad era su mejor
amigo, el caballero Calcetejo,
así que asintió con la cabeza
y la multitud gritó:

—¡HURRA!

Antes de que supieran lo que sucedía, Claudio y el caballero Calcetejo estaban a hombros de Ivanna, y todo el mundo los vitoreaba, y marchaban chintachintando al estadio del ALUCINANTE DÍA DEL DEPORTE.

Solo el caballero Calcetejo se dio
cuenta de la presencia de dos
personas que no vitoreaban...

Estaban en la oscuridad, lanzando
moneditas al aire y con un palillo
entre los dientes. «Puede que
pertenecieran a otro equipo», pensó.

Cuando la enorme copa dorada
y las medallas pasaron por delante
de ellos, se miraron uno al otro
y se rieron entre dientes,
con una risita malvada.

El caballero Calcetejo pensó
que ellos también estarían
imaginándose lo bien que
quedaría aquella copa en su casa,
en el estante de los recuerdos.

El estadio
del ALUCINANTE
DÍA DEL
DEPORTE era
ENORME.

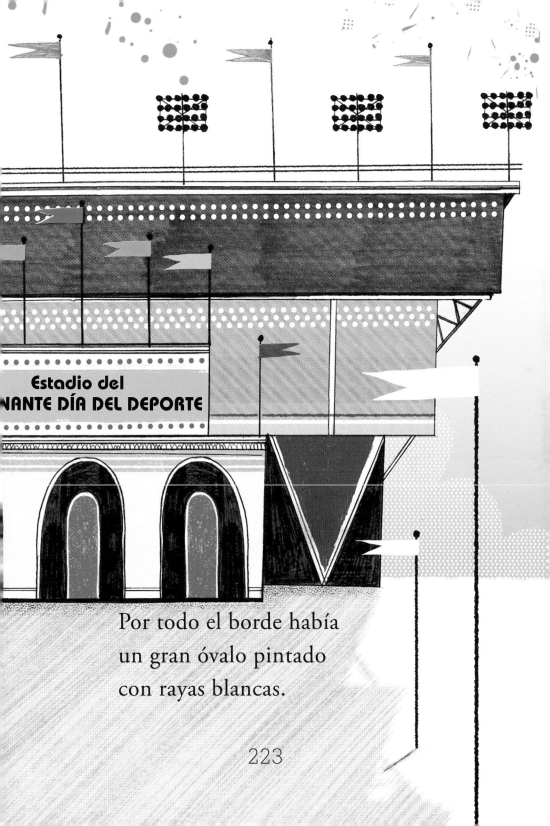

Estadio del
ANTE DÍA DEL DEPORTE

Por todo el borde había
un gran óvalo pintado
con rayas blancas.

En el medio había una explanada
gigantesca. Claudio pensó
que le irían bien unas florecitas
plantadas en él, o al menos
una fuente, o algo que le diera
un poco de vida.

Había también un gran edificio
con un letrero que decía «Piscina»
y otras salas donde se jugaban
distintos deportes.

Claudio ayudó a colocar la copa
y las medallas en un podio especial
en medio del estadio, y todo
el mundo aplaudió... ¡Iba a ser
una tarde muy emocionante!

Mientras la multitud tomaba asiento
y la banda guardaba los trombones,
Ivanna Lanza Dora observó a Claudio.
El jersey que llevaba era muy bonito,
pero no exactamente apropiado
para los eventos del día.

—¡Aquí tienes unos pantalones
de deporte! —dijo con entusiasmo—.
¿No tendrás una camiseta que puedas
ponerte con ellos?

Sí, por supuesto que Claudio tenía
una camiseta (siempre guardaba
una en la boina, por si se levantaba
de repente una corriente de aire),
así que moviendo la cola de emoción
se puso los pantalones.
¡Eran GIGANTESCOS!

—¡Vaya...! —exclamó Ivanna.

—¡No pasa nada! —exclamó
Claudio, subiéndose el pantalón
hasta las axilas. Cogió el cordón
de la cintura, le dio tres vueltas
alrededor de la barriga, y terminó
haciendo un lazo que quedaba
muy mono.

El caballero Calcetejo lo miró
de perfil, y le dijo a Claudio
que llevar los pantalones
de esa manera le evitaría
un enfriamiento en los riñones.

Entonces Claudio se escondió
la boina bajo la camiseta
y sacó una cinta para el pelo.

El caballero Calcetejo, que quería ponerse a la altura ahora que era el entrenador de Claudio, se colgó un silbato del cuello y se puso otra cinta para el pelo, aunque le preocupara que le pudiera aplanar la permanente.

¡Ahora sí que Claudio y el caballero
Calcetejo parecían unos auténticos
deportistas!

—¡QUÉ ELEGANTE! —dijo Ivanna—.
¡Ya estamos listos!

Claudio, el caballero Calcetejo
y todos los compañeros del equipo
vitorearon:

—¡HURRA!

El primer evento era el favorito
de Ivanna: el lanzamiento de peso.

Había que sujetar una bola
de metal, darle unas vueltas
con el brazo, y después lanzarla
en la explanada. El caballero
Calcetejo pensó que estropearía
el césped, pero no dijo nada.

Claudio vio a Ivanna
y a los otros competidores
arrojar la bola por el aire.

236

—¡Ahora te toca a ti,
Claudio! —dijo Ivanna,
entregándole la bola.

Era horriblemente pesada.
Claudio apenas la podía levantar.
Pero hizo todo lo que pudo,
y no tardó en poder girarla
con el brazo.

La giró y giró y giró...

Al caballero Calcetejo
le dio un mareo solo de mirarlo.

Y entonces... ¡FLIIIIINN!
Claudio soltó la bola y...

¡FLIIIIINN!

¡¡¡AAA

¡... cayó en el dedo gordo del pie de Ivanna!

No hace falta decir
que el equipo
no ganó
en este deporte.

240

—¡No te preocupes! —dijo Ivanna
con una voz rara, agarrándose el pie—.
El lanzamiento de peso tiene
su intríngulis. Vamos a ver
qué tal se te da la carrera...

La carrera se desarrollaba en el gran óvalo que tenía las rayas pintadas.

Claudio se alineó con el resto de los competidores. Parecían todos muy alegres, incluso los dos que estaban al final de la raya, que llevaban camiseta de rayas y antifaz.

—Cuando oigas el disparo
—le explicó Reginald Corremucho,
que estaba en el equipo de Ivanna—,
¡corre todo lo rápido que puedas!

El caballero Calcetejo pensó
que eso parecía muy fatigoso,
y que a Claudio le entraría
sed por el camino.

De repente, tuvo una buena idea:
hizo que Claudio se sirviera una
taza de té del termo que llevaba
en la boina, y le dio unas galletas
de las que había comprado.
Le dijo que no se olvidara
de tomar un buen sorbo de té
y una galleta mientras corría,
para no quedarse sin fuerzas.

El caballero Calcetejo se hizo
a un lado con las orejeras puestas,
porque no le gustaban los disparos
ni el ruido que hacían las zapatillas.

Claudio estaba preparado.

Claudio estaba listo.

Y cuando salió el disparo,
Claudio y todos los demás corredores
empezaron a correr.

Claudio corría lo más aprisa
que podía, seguido de cerca
por sus orejas. El caballero
Calcetejo tenía razón:
correr daba muchísima sed.
¡Menos mal que llevaba su taza
de té...!

Mojó una galleta y tomó
un sorbo, y... ¡UY!, se vio
otra vez volando por los
aires... ¡Estaba fuera de
control! ¡Su té y las galletas
iban por todas partes!

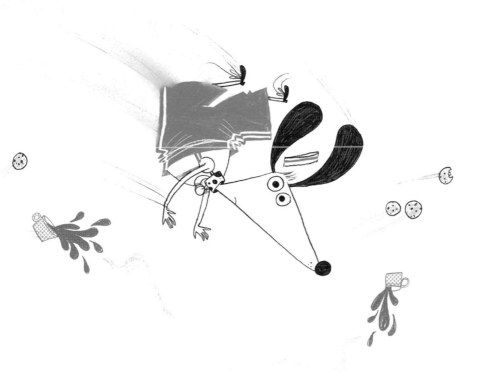

—¡CUIDADO! —exclamó con la boca llena de galleta, pero ya era demasiado tarde. Chocó contra Reginald y los dos se salieron de la pista y cayeron sobre los espectadores.

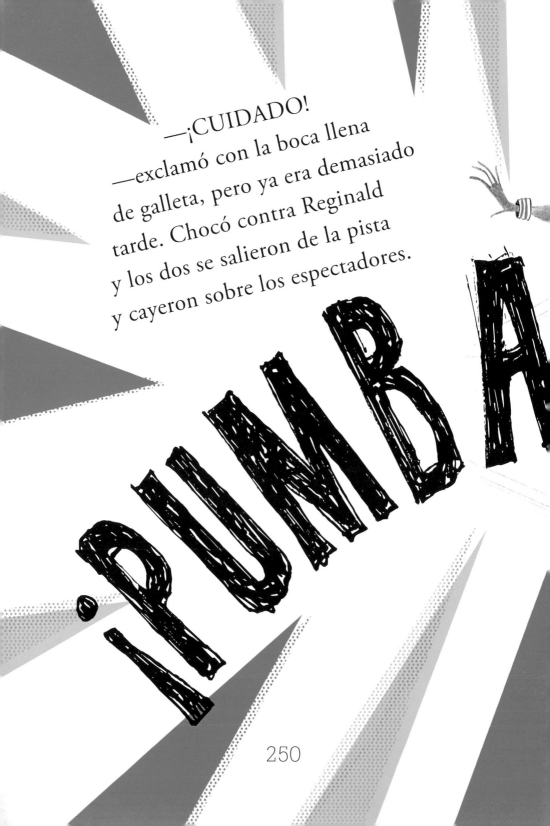

¡PUMBA

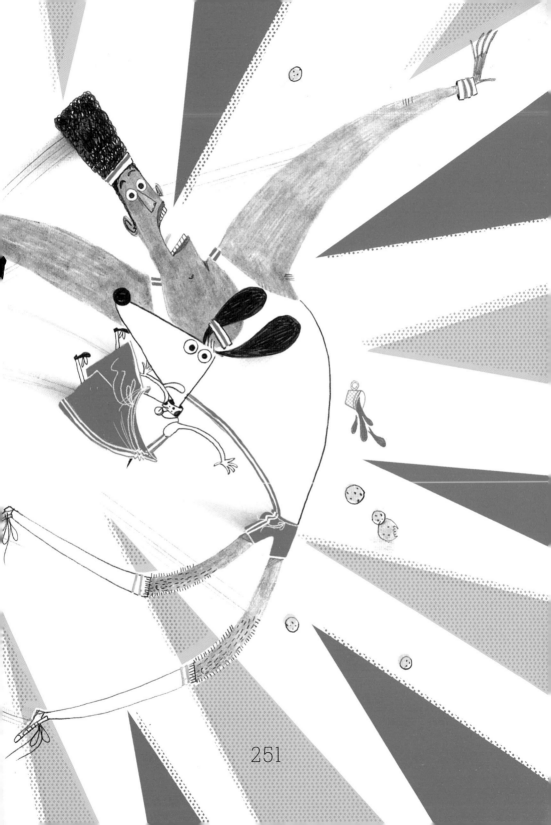

251

—No te preocupes —dijo
Reginald mientras Ivanna le ponía
el brazo en cabestrillo—, a lo mejor
se te da bien alguna otra cosa...

Por desgracia, daba la impresión
de que no.

Claudio hizo todo lo que pudo,
pero nada se le daba bien...

Él y el caballero Calcetejo
se pasaron tanto rato inflando
los flotadores que Claudio
se perdió toda la carrera
de natación.

Después, Claudio hizo unos
bonitos ejercicios de gimnasia,
pero cuando tuvo que hacer el
ejercicio con la cinta, a Claudio
se le enganchó en las orejas y con
la cadena de las gafas del caballero
Calcetejo, y los dos se fueron
haciendo ¡PLAF!, ¡CLONC!,
¡PUMBA! contra la mesa
de los jueces.

Todo fue un desastre...
tras otro...

Sin embargo, resultó que el caballero Calcetejo lo hizo fabulosamente en la natación sincronizada,

pero eso es otra historia...

—No importa —dijo Ivanna un poco triste cuando todos estaban tomándose un descanso—, puede que lo hagamos mejor el año que viene. Y todavía queda la última prueba.

Claudio se sentó con el caballero Calcetejo, balanceando las piernas. Tal vez sería mejor que no lo intentara en la última prueba, pensó. Así le podría ir mejor a su equipo. Puede que hasta ganaran alguna de aquellas medallas tan brillantes.

Mientras Claudio pensaba esto,
el caballero Calcetejo se embadurnaba
bien con crema protectora contra
el sol, mirando todo lo que pasaba
en el estadio.

De pronto, ¡dio un salto en el asiento!

—¿Qué pasa, caballero Calcetejo?
—preguntó Claudio—.
Siguió la mirada del caballero
Calcetejo... y se alegró mucho
de hacerlo.

Delante de sus ojos, las dos personas
que había visto antes con la camiseta
de rayas y los antifaces, se acercaban de
puntillas y disimuladamente al podio
en el que estaban la copa y las medallas.
En un abrir y cerrar de ojos, lo cogieron
y lo metieron todo en un saco que
habían llevado todo el día escondido
en una pernera de los pantalones.

Al caballero Calcetejo aquellos
tipos le habían dado
mala espina desde
el primer momento.

—¡ALTO!

—exclamó Claudio con su voz más correcta y clara, y además potente, y empezó a correr hacia ellos. El caballero Calcetejo escondió rápidamente la loción solar en su bolsa de caballero y se fue detrás. No quería perderse nada de aquella aventura.

—¿QUÉ DEMONIOS OS PENSÁIS QUE ESTÁIS HACIENDO?

—gritó Claudio.

Pero los malvados ladrones
no se detuvieron para responderle,
¡sino que se largaron!

Y en ese preciso momento, la pistola
del disparo hizo «¡Pum!» y empezó la última
prueba.

¡Claudio salió en persecución de los ladrones!
Fue siguiendo la pista, moviéndose hacia
derecha e izquierda para adelantar a todos
los corredores. Uno de los competidores
(un joven muy majo) cogió
al caballero Calcetejo
y lo levantó
para que
pudiera ver
mejor.

Claudio siguió persiguiendo a los ladrones,
y se metió en la pista de ciclismo.

Después, se paró y buscó dentro de la boina,
que se había metido en la camiseta.

—¡Soy más tonto que hecho de encargo!
—exclamó. Se había dejado la bici en casa...
¡justo cuando más la necesitaba!

Sin perder de vista a los ladrones,
que ahora iban montados en bici,
Claudio volvió a rebuscar en
su boina, encontró uno de sus
patines, y se lo puso en un pie.

¡BRRRUM, B

¡RRUM!

Dio
una vuelta
y otra y otra
por la pista, siempre a
punto de alcanzar a los pillos,
pero sin llegar a alcanzarlos...
Y entonces, de repente, ¡dejaron
la bici y se subieron a los trampolines!

Y después entraron en las piscinas...
¡a la competición de salto de trampolín!

Claudio esperó con paciencia en
la escalerilla que subía al trampolín,
detrás de los participantes
y de los ladrones.
     ¡No podía alcanzarlos!

—¡JA, JA, JA!
—se reían
los malvados ladrones
al saltar del trampolín—.
¡Nunca nos alcanzarás!

Claudio recorrió el trampolín
en su único patín,
y miró por el borde hacia abajo.

—¡Aaah! ¡Estaba altíííísimo!

El caballero Calcetejo,
que estaba con el socorrista
de la piscina, empezó a temblar.

Claudio tragó saliva. Si no saltaba,
¡los ladrones se escaparían!

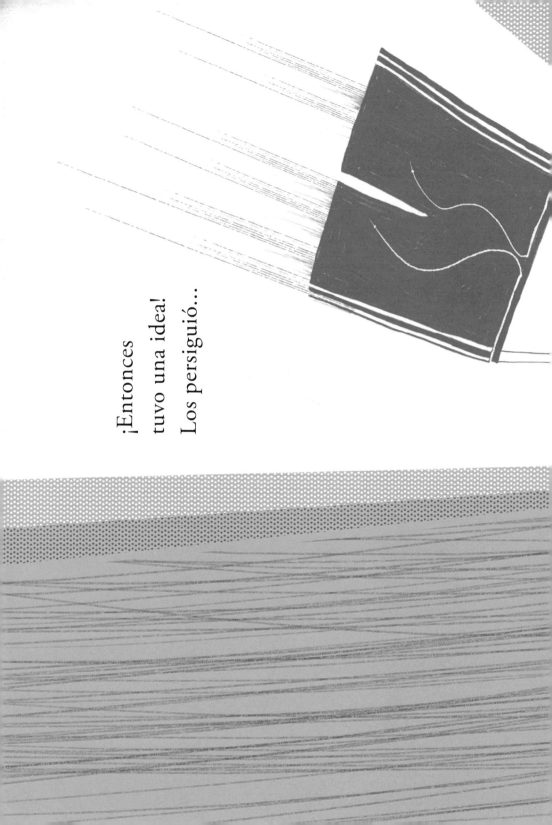

¡Entonces
tuvo una idea!
Los persiguió...

A través de la sala
de esgrima,
chin chín,

a caballo por el campo
de equitación,
tocotó tocotó,
y...

... por las mesas
de pimpón,
pin pon.

Pero no servía de nada...
no conseguía alcanzar a los
ladrones. ¡Si daban otra vuelta
a la pista, podrían escaparse
del estadio y llevarse la copa
y las medallas!

¡Claudio tenía que alcanzarlos
antes de la línea de meta!
Pero ¿cómo?

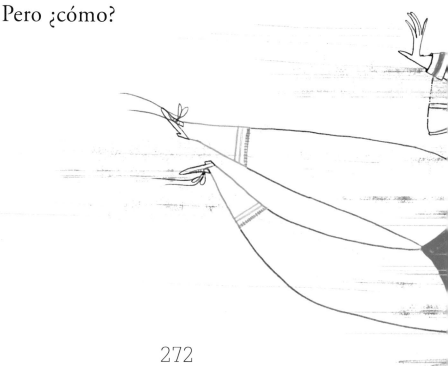

Entonces el caballero Calcetejo
tuvo una idea maravillosa.
Sopló su silbato y se lo contó
todo a Ivanna.

Ella se apresuró hasta donde iba
Claudio corriendo, y le desató
los cordones de los zapatos.
Claudio enseguida se tropezó
con ellos, igual que le había
pasado antes en la
avenida Menealacola.

273

Claudio salió volando
por los aires ¡y fue a caer
justo encima
de los ladrones!

¡La multitud se volvía loca de la emoción!

Ivanna, Reginald, el caballero Calcetejo
y los demás participantes vitorearon
a Claudio.

—¡BIEN HECHO, CLAUDIO
Y CABALLERO CALCETEJO! —exclamó
Ivanna—. ¡Habéis atrapado a los ladrones,
habéis recuperado la copa y las medallas
y habéis ganado la última prueba!

Todo el mundo gritaba y chillaba.
El caballero Calcetejo se sintió
tan orgulloso de sí mismo
que le dio
un mareo.

—¿No quieres quedarte con nosotros para convertirte en una gran figura del deporte? —le preguntó Ivanna levantando la voz por encima de todo el ruido.

Claudio pensó en ello por un momento. Se había divertido muchísimo participando en todos los deportes, y estaba muy elegante con sus pantalones de deporte. Pero también le gustaba mucho estar en su acogedora casa de la avenida Menealacola.

Le explicó a Ivanna todo eso,
y también que el caballero Calcetejo
necesitaba volver a casa para echarse
una buena siesta y cepillarse el pelo,
que lo tenía hecho una pena
con tantas emociones.

Ivanna dijo que lo entendía,
y entonces le regaló a Claudio
las medallas de oro y la enorme
y brillante copa. ¡El estadio entero
ENLOQUECÍA de emoción!

Entonces todo el mundo
acompañó a casa a Claudio
y al caballero Calcetejo, mientras
la banda tocaba un alegre popurrí.

Más tarde, cuando llegaron a casa
el señor y la señora Mocasín,
se sorprendieron de encontrar
un enorme pantalón de deporte
secándose en el radiador, y también
de que Claudio estuviera en su
camita agarrado a una enorme copa.

—¿De dónde demonios habrá
salido esa copa? —preguntó la señora
Mocasín—. ¿Crees que Claudio sabrá
algo?

El señor Mocasín se rio:
—¡Por supuesto que no! ¿No ves
que se ha pasado el día durmiendo?

Pero Claudio sí que sabía de dónde había salido la copa, y nosotros también, ¿verdad?

¡Uf! ¡Claudio acaba de vivir unas cuantas aventuras! Puede que a ti también te hayan entrado ganas de buscar aventuras después de leer este libro... Aquí el propio Claudio te da algunos consejos:

Primer consejo:

Tienes que estar preparado para lo que pueda pasar. Es aconsejable llevar una boina llena de cosas que podrían resultar útiles.

Cuando andes por ahí en busca
de aventuras, recuerda saludar
a todo el mundo. ¡Hacer amigos
ayuda a encontrar aventuras!

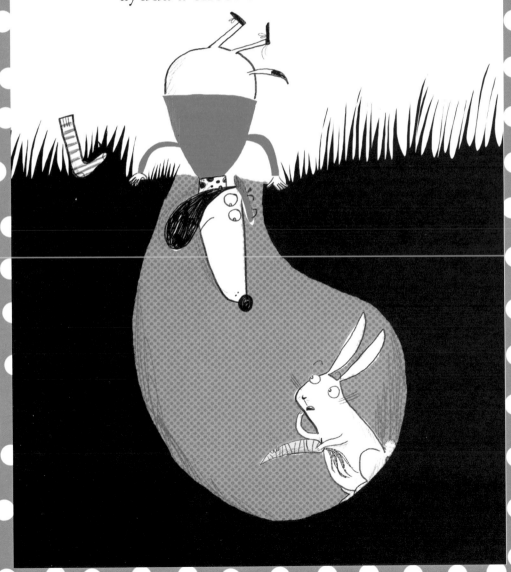

Tercer consejo:

Diferentes aventuras requieren ropa diferente. Asegúrate de que siempre vas vestido apropiadamente. Puede que necesites:

Un bonito GORRO DE LANA para una aventura en la nieve.

KATIUSKAS, si planeas una aventura en los charcos.